Julian Pamler

Johannes
und das Schicksal

Teil I

Aller Anfang ist schwer

tredition

© 2023 Julian Pamler
Lektorat: Werner Pamler
Satz & Layout: Werner Pamler

2. Auflage, Vorgängerausgabe 2022

Verlagslabel: Champx02
ISBN Softcover: 978-3-347-91803-0
ISBN Hardcover: 978-3-347-91804-7
ISBN E-Book: 978-3-347-91805-4

Druck und Distribution im Auftrag des Autors:tredition GmbH, An der Strusbek 10, 22926 Ahrensburg, Germany

Inhaltsverzeichnis

KAPITEL I

Wieder hat ein neues Jahr begonnen, in dem sich viel verändern soll. Johannes lebte mit seiner Mutter in einem kleinen Stadtteil von München. Er ging auf die Mittelschule in die 9.

Klasse und stand kurz vor den Abschlussprüfungen für den qualifizierten Mittelschulab-schluss. Sein Traum war es später einmal in einem Restaurant zu arbeiten. Doch bis dorthin ist es für ihn noch ein sehr langer und steiniger Weg. Denn sein Problem waren seine Noten. In fast allen Fächern stand er auf einer vier und in Mathe und Deutsch auf einer fünf.

Nach den Winterferien musste deswegen seine Mutter zum Elternsprechtag. Sie wusste, dass es kaum etwas Positives geben würde und der Abschluss auf der Kippe stand. Seine Klassenlehrerin teilte ihr mit, dass es nur noch eine einzige Möglichkeit gäbe zu bestehen. Die nächsten Schulaufgaben, die anstanden, waren die Letzten im Abschlussjahr. Sie gab Johannes Mutter den Tipp, einen Nachhilfelehrer aufzusuchen. Das Problem war nur, dass das nicht funktionierte, da er mit fast keinem Lehrer zurechtkam. Als seine Mutter das Haus betrat, hatte Johannes noch keine Ahnung, was ihm nun blühte. Sie ging sofort zu ihm ins Zimmer und riss das Handy aus seiner Hand. Sie teilte ihm mit, dass es so lange weg sein würde, bis er den Abschluss in seinen Händen halten würde. Ebenfalls sagte sie, dass er das

Jahr nicht mehr wiederholen könnte. Dies brachte Johannes zum Nachdenken, da er sich sein Leben nicht verbauen wollte. Kurzerhand beschloss er seine beste Freundin Miriam zu kontaktieren und bat sie um Hilfe. Diese war bereit ihm zu helfen, da sie eine sehr gute Schülerin war. Das größte Problem war Mathe. Johannes Mutter hoffte, dass er endlich den Ernst der

Lage begriff. Und tatsächlich

hatte er das.

Denn nur eine knappe Woche

später als er das Ergebnis der

Matheschulaufgabe erhielt,

staunte seine Mutter nicht

schlecht. Er hatte eine drei ge-

schrieben und dies nur, weil er

endlich einmal mehr als normal

gelernt hatte. Seine Mutter war

sehr stolz auf ihn. Auch die Lehrerin war begeistert und hätte nicht mehr gedacht, dass es so enden würde. Denn mit ganz viel Glück hatte er sogar die Abschlussprüfungen bestanden, und das sogar mit einem 3er-Durchschnitt. Das meiste hatte er aber seiner besten Freundin zu verdanken, die ihm in der letzten Zeit beim Lernen immer zur Seite stand. Zusammen feierten sie das Erreichte und zogen von

Club zu Club quer durch München. Davor bekam er aber wieder sein Smartphone zurück, welches seine Mutter ihm weggenommen hatte. Als ihr Sohn dann mitten in der Nacht das Haus betrat, umarmte seine Mutter ihn vor Freude. Nun konnte er endlich seine Ausbildung starten. Wäre da nicht das Problem mit der Bewerbung, bei der er sich immer schwer getan hatte. Glücklicherweise half ihm dabei seine Freundin Miriam. Doch zuerst war da noch die Abschlussfahrt an die Ostsee. Für Johannes hieß es nun Koffer packen und er musste für die zwei Wochen viel einpacken. Denn wenn er etwas vergessen hätte, gäbe es keine Möglichkeit mehr zurück. Damit er auch alles dabei hatte, schaute seine Mutter noch einmal drüber, um wirklich auf Nummer sicher zu gehen. Er freute sich schon sehr auf die

Fahrt. Er war sich aber noch nicht ganz sicher, neben wem er im Bus sitzen würde. Deshalb kam er auf die Idee, einfach seine beste Freundin zu fragen, ob sie daran interessiert wäre neben ihm zu sitzen. Die Fahrt dauerte ein paar Stunden, was bedeutet, dass sie am späten Nachmittag ankamen.

Nach dem Entladen der Koffer wurden die Zimmer auf die Schüler aufgeteilt. In einem Zimmer konnten maximal drei Leute nächtigen. Es gab sogar einige Blockhütten aus Holz. Aber im Endeffekt waren diese nur für die Lehrer reserviert. Um das Abendessen mussten sich die Schüler selbst kümmern. Aus diesem Grund gab es auf dem Gelände einen großen Super-markt, in dem man einkaufen konnte. Das Problem war je-

doch, dass er sehr teuer war, da

es weit und breit keinen anderen

Supermarkt gab. Um das Früh-

stück mussten sich die Schüler

jedoch nicht kümmern, da das

im Preis inbegriffen war. Dazu

trafen sich alle zusammen am

Morgen darauf am Hauptein-

gang des Resorts. Dort gingen

sie in Vierergruppen in die große

Kantine, wo ein langes Buffet

aufgebaut war. Von Obst bis Gemüse gab es alles Mögliche zum Essen, vor allem gesunde Nahrungsmittel.

Die Abschlussfahrt dauerte insgesamt sieben Tage und am ersten Tag war ein Besuch des naheliegenden Freizeitparks geplant. Auch dort ging es nur in Vierergruppen weiter, da es

sonst zu unübersichtlich gewesen wäre. Für den Besuch war
der ganze Tag eingeplant. Trotzdem musste darauf geachtet werden, dass es noch genug Zeit
gab, um einzukaufen bevor die
Geschäfte schließen. Am Abend
trafen sich nochmal alle zusammen, um über den Tag zu reden.
Denn den Lehrern war es wichtig ein Feedback zu bekommen,
was sie bei der nächsten Abschlussfahrt besser machen

könnten. Am zweiten Ausflugs-
tag stand der Besuch eines U-
Boots auf dem Plan. Das Beste
daran war, dass man es sogar be-
treten konnte. Den meisten
Schülern bereitete es eine große
Freude. Wie auch am Abend des
Vortages, gab es auch am zweiten Tag eine Feedbackrunde. An
den anderen Tagen waren Wan-
derungen, Shoppingtouren und
ein Besuch in einem Zoo ge-

plant. Am Abend vor dem Ab-

reisetag musste wieder alles si-

cher in den Koffern verstaut

werden. Dieses Mal gab es keine

Kontrolle der Lehrer auf deren

Vollständigkeit. Nach dem Früh-

stück ging es auch dann schon

wieder los. Bevor der Bus ab-

fuhr, wurde überprüft, ob jeder

anwesend war. Zum Glück wa-

ren alle vollständig und pünkt-

lich zur Zählung. Nach ungefähr

drei Stunden musste der Bus an einer Tankstelle Rast machen.

Die Schülerinnen und Schüler durften während des Tankvorgangs auf die Toilette gehen oder sich etwas in der Tankstelle zum Essen kaufen. Auch hier wurde wieder durchgezählt. Anders als erwartet kam der Bus jedoch etwas später an, denn der

Grund war ein langer Stau auf

der Autobahn, der ihnen viel

Zeit kostete. Als der Bus dann

endlich auf den Schulparkplatz

fuhr, waren alle erleichtert die

Fahrt hinter sich zu haben. Auch

die Eltern warteten schon sehn-

süchtig auf ihre Kinder. Doch

bevor sie gehen durften, wollten

die Lehrer erneut wissen, wie sie

die komplette Reise fanden.

Deshalb bekamen sie einen

Block und einen Stift, um auf

dem Blatt Negatives und Positives von der Reise festzuhalten. Dann wurden sie endlich entlassen und durften nach Hause fahren. Den meisten sah man an, dass sie sehr müde und erschöpft nach der langen Fahrt waren. So ging es auch Johannes, als er müde ins Bett fiel und das Zähneputzen vernachlässigte. Am nächsten Tag war zum Glück Wochenende, was bedeutete, dass Johannes lange Ausschlafen

konnte. Am Montag der darauf-
folgenden Woche erzählten die
Schülerinnen und Schüler in der
Klasse, wie es ihnen nach der
langen Fahrt ergangen war.

Doch das wichtigste und das be-
liebteste Thema war im Moment
der Abschlussball. Johannes
brauchte eine Tanzpartnerin.
Doch das Problem war, dass er

keine Partnerin fand, weshalb er

seine beste Freundin fragte, ob

diese mit ihm auf den Ball gehen

würde. Zum Glück hatte diese

noch keinen Partner und das

Problem war schnell behoben,

denn die Vorfreude war sehr

groß. Nun waren die Tanzproben

an der Reihe. Johannes hatte

noch nie zuvor in irgendeine Art

getanzt, was bedeutete, dass es

ihm etwas schwer fiel, die

Schritte im Kopf zu behalten.

Aber was Johannes nicht wusste

war, dass seine beste Freundin

schon etwas Erfahrung hatte und

ihm half. Nun fehlte Johannes

nur noch ein schönes Outfit für

den Abschlussball. Auch seine

beste Freundin hatte noch kein

Kleid für den Ball. Deshalb be-

schlossen sie zusammen auf

Shoppingtour zu gehen. Seit

dem Kindergarten kannten sie

sich schon, weshalb sie die Ge-

schmäcker des anderen gut

kannten.

KAPITEL II

Am großen Tag des Abschlussballes trafen sich alle in der großen Aula, um den Moment zu genießen. Auch die Eltern waren herzlich eingeladen. Nach dem Ball fand die Zeugnisübergabe statt. Dies war also der letzte Schultag für Johannes. Nun hat er tatsächlich noch den Abschluss geschafft und kann sich jetzt seinem Führerschein widmen, den er wegen den Prüfungsvorbereitungen pausiert hatte. Die theoretische Prüfung hatte er bestanden, was bedeutete, dass ihm nur noch die Praktische fehlte. Als Johannes zu Hause ankam, erhielt er eine

E-Mail mit einer Zusage für einen Job in einem der beliebtesten Restaurants in München.

Besser hätte der Tag nicht laufen können, dachte sich Johannes und präsentierte die freudige Botschaft auch seiner Mutter. Natürlich sollte auch seine beste Freundin Miriam von dem Glück erfahren, weshalb er sie sofort anrief. Doch leider war

genau der Tag heute auch etwas

trauriger für die beiden. Denn

genau vor drei Jahren ist Johan-

nes Vater bei einem Autounfall

verstorben. Damals arbeitete

sein Vater auch in einem Restau-

rant und als er von seiner

Schicht nach Hause fuhr,

rammte ihn ein Auto. Leider ver-

starb er dann nach ein paar Stun-

den im Krankenhaus. Für Johannes war es der schlimmste Moment seines Lebens. Deshalb entschloss sich Johannes noch um 20:00 Uhr seinen Vater auf dem Friedhof zu besuchen. Seine Mutter bekam es mit und begleitete ihn dorthin. Zusammen erzählten sie, was heute geschehen war und wie stolz sie auf Johannes sei. Wäre sein Vater noch heute da, dann wäre dieser sicherlich auch so stolz wie seine Mutter gewesen. Sie war für Johannes das Wichtigste, was es in seinem Leben gab.

Nun standen auch noch die großen Sommerferien an, bevor es im neuen Jahr zum Arbeiten losging. Kurzfristig buchten die beiden eine Woche in den Allgäuer Alpen, um dort zu entspannen. Johannes freute sich schon sehr auf die neue Aufgabe im Restaurant. Denn wie oben

schon genannt, ist es für ihn ein

Traum, der endlich in Erfüllung

geht. Er möchte später einmal

ein eigenes Restaurant eröffnen

und wenn es gut funktioniert, so-

gar in München. Auch seine

Mutter wäre von dieser Idee sehr

begeistert. In den letzten beiden

Wochen konnte Johannes in sei-

nem neuen Betrieb schon etwas

hineinblicken. Die anderen Tage

in den Ferien genoss er in einem

Fußballcamp in der Nähe, wo er seine Stürmerqualitäten verbessern konnte. Damals als kleiner Junge spielte er nämlich in einem Verein als Stürmer Fußball, wo er in seiner Jahrgangsstufe sogar sehr gut war. In dem Camp lernte er viele verschiedene neue Techniken kennen, die er zuvor niemals gesehen oder gekonnt hatte. Am Ende des Camps konnte er sogar an einer Prüfung teilnehmen und mit etwas Glück hatte er sogar die

Chance ausgewählt zu werden

für ein Probetraining beim FC

Bayern München. Natürlich nur

die Jugendmannschaft, nicht die

erste Mannschaft. Für ihn war es

ein großer Erfolg, wenn er so

weit kommen würde.

KAPITEL III

Der erste Tag für Johannes in seinem neuen Betrieb funktionierte ohne Probleme. Der Chef war schon jetzt sehr begeistert von ihm, da er sehr fleißig und vertrauenswürdig war. Doch der Konkurrenz-

kampf war sehr groß, da es ins-

gesamt vier Auszubildende gab.

Sein Vater gab ihm damals den

Tipp sich dort zu bewerben, da

er als Kind schon einige Praktika

dort leistete. Leider war ihm je-

doch die Übernahme nicht ga-

rantiert worden, anders als bei

Johannes. Doch das größte Prob-

lem war immer wieder der Weg

in die Arbeit. Denn der Führer-

schein dauerte noch länger als

erwartet und kostete auch noch
etwas mehr. Um deshalb pünkt-
lich zu erscheinen, nutzte er am
Morgen immer die U-Bahn.
Meistens hatte er Glück und
konnte mit seiner Mutter mitfah-
ren, wenn er und sie Spätschicht
hatten. Sie arbeitete Teilzeit in
einem Krankenhaus als Krankenschwester. Seit dem Tod ih-
res Mannes nahm sie sich mit
der Arbeit etwas zurück, da sie

aus psychischen Gründen weniger belastbar war.

Damals bei der Bestattung war
sie nicht anwesend, da sie es
nervlich schlecht verkraftet
hätte. Ebenfalls war es so, dass
es auch kein Leichenschmaus
gab, da es die ganze Familie
nicht wollte. Vor dem Unfall
war Johannes Vater auch noch

an Krebs erkrankt, der ihn meistens außer Gefecht setzte. Um auf Nummer sicher zu gehen, besuchte Johannes deswegen oft einen Arzt, um sich untersuchen zu lassen, ob er es vererbt bekommen hatte. Häufig war es nämlich so, dass es von Generation zu Generation weitergegeben wurde. Zum Glück war das Ergebnis immer wieder negativ. Nun wollte seine Mutter Johan-

nes einmal bei der Arbeit besuchen, um persönlich zu sehen,
wie er sich so anstellte. Deshalb
reservierte sie an einem Abend
einen Tisch für sich allein. Aktuell war er in den Service einge-
teilt worden. In seiner Ausbildung lernte er jeden Bereich von
der Küche bis zum Service kennen.

Das Restaurant war Teil eines großen Hotels, was ein wirklich positiver Vorteil war. So konnten die Lehrlinge auch noch verschiedene Sprachen lernen. Meistens kamen Geschäftsleute, Politiker oder berühmte Personen des öffentlichen Lebens zum Speisen. Öfter gab es neue Gerichte auf der Karte, welche der Sternekoch sich selbst überlegen und zubereiten konnte. Bei der Abschlussprüfung durften die

Prüflinge sich dann selbst ein Gericht überlegen. Dies fiel Johannes schon immer schwer, da ihm wenige Ideen im Kopf schwirrten. Doch bis dahin hatte er noch etwas Zeit, denn davor stand erst einmal die Zwischenprüfung an. Aber nun zurück zum Besuch seiner Mutter. Sie bestellte sich ein 4-Gänge-Menü, welches mit großem Zufall dann auch von Johannes serviert wurde. Vor dem Verlassen des

Restaurants, konnte jeder Gast am Ausgang einen Feedbackbogen ausfüllen, bei dem man den Service beurteilen konnte. Natürlich füllte auch seine Mutter diesen Zettel aus. Wie erwartet berichtete sie nur Positives über Johannes. Keiner von seinen Kollegen wusste, dass es die Mutter von ihm war. Zuhause angekommen fand er einen Zettel auf seinem Bett, auf dem ganz groß ein lachender Smiley aufgemalt war. Dieser sollte die

Begeisterung zeigen.

Bald stand schon wieder das

Weihnachtsfest vor der Tür, was

bedeutete, dass im engsten Fa-

milienkreis zusammen gefeiert

wurde. Dazu mussten erst die

Einladungen versendet werden.

In diesem Jahr war dies die Auf-

gabe von Johannes. Denn jedes

Jahr wechselten sich die beiden ab. Auch die Geschenke mussten noch besorgt werden. Insgesamt wurden fünf Leute eingeladen. Dazu zählt auch Johannes beste Freundin Miriam. Johannes Mutter hatte schon das Geschenk vor etwa einem halben Jahr gekauft. Es war sein erstes Auto, dass er sich wünschte. Damit er es nicht sah, stand es noch bis Weihnachten beim Autohändler.

Es handelte sich hierbei um einen Nissan, den er sich am Anfang des Jahres ausgesucht hatte.

Es war zwar kein Neuwagen, aber er war trotzdem in einem sehr guten Zustand. Überraschender Weise brachte Johannes am Heiligen Abend ein unbekanntes Mädchen Namens Leonie mit. Es handelte sich hierbei um seine neue Freundin. Sie kannten sich schon einige Monate und nun wollte Johannes sie seiner Mutter vorstellen.

Sie hatten sich damals nach dem Abschlussball in einem Club kennengelernt. Seitdem standen sie im engen Kontakt und mit der Zeit wurde es etwas Ernstes daraus. Johannes Mutter fand, dass die beiden gut zusammenpassen. Leonie machte eine Ausbildung zur Kauffrau im Einzel-

handel. Leider hatten sie wenig

Zeit für sich selbst.

Deshalb buchten die beiden ein

Hotel im Bayerischen Wald. Da-

mit es auch funktionierte, nah-

men sie sich die nächsten zwei

Wochen Urlaub. Seine Freundin

hatte zum Glück schon einen

Führerschein, der die Anreise

enorm erleichterte. Das Hotel

befand sich nämlich mitten im

Nirgendwo. Dort gab es nur die Möglichkeit mit dem Bus die Region zu verlassen. Davor mussten sie aber zusammen die Koffer packen. Für Johannes war es, wie bei der Abschlussfahrt, ein komplizierter Akt. Schon immer war die Konzentration bei ihm das Problem, egal um was es ging. Am Abend vor der Abreise verabschiedete sich seine Mutter von ihm, da sie am kommenden Morgen zur Früh-

schicht musste. Sie umarmte ihn

und wünschte viel Spaß. Um 8

Uhr in der Früh wollten sie los-

fahren, da die Fahrt einige Stun-

den dauern würde. Doch plötz-

lich sprang das Auto nicht an,

was dazu führte das sie erst eine

Stunde später losfuhren. Unge-

fähr bei der Hälfte der Strecke

machten sie eine Pause auf ei-

nem Rastplatz. Kurz nach Mittag

kamen sie dann endlich am Hotel an. Sie gingen zur Rezeption und meldeten sich an. Danach bezogen sie gleich ihr Zimmer.

Nach dem Ausräumen der Koffer verließen sie das Hotel in Richtung Wald. Sie wollten ein bisschen spazieren gehen, da das Wetter schön war. Am gleichen Abend zogen sie ihre schönste Kleidung an, da es nun zum Abendessen ging. Das junge

Paar buchte All Inclusive. Am nächsten Tag hatten sie sich dazu entschieden einen Well- nesstag zu machen. Das Einzig- artige an dem Hotel war, dass man auf Wunsch seinen gelieb- ten Menschen selbst massieren durfte. Dazu mussten sie bei der Buchung angeben, was sie dazu benötigen würden, denn dies be- sorgte das Hotel gegen Aufpreis. Johannes buchte dies ohne die Zustimmung seiner Freundin, da

es eine Überraschung werden
sollte. Sie legte sich hin und
merkte erst spät wer sie mas-
sierte. Sie staunte nicht schlecht,
denn er machte es sogar relativ
gut. Es war eine gelungene
Überraschung. Nach dem kleinen Abenteuer begab sich das
Paar nach draußen. Sie wollten
sich in die Sonne legen um zu
entspannen. Empfehlenswert
war die Reservierung der Liegen

bei der Buchung, was sie zum

Glück auch getan hatten.

Den restlichen Tag blieben sie

im Wellnessbereich. Wie am

Abend des Vortages gingen sie

ordentlich gekleidet wieder zum

Abendessen. Bald waren die bei-

den fast ein halbes Jahr ein Paar

und das wollten sie schon feiern.

So konnten sie dieses schöne Ju-
biläum zusammen genießen. Natürlich spielt auch Alkohol eine
wichtige Rolle. Doch plötzlich
erhielt Johannes einen unerwarteten Anruf. Das Merkwürdige
daran war, dass er die Nummer
nicht kannte und nahm ihn trotzdem an. Die Stimme am anderen
Ende teilte ihm mit, dass sie im
Krankenhaus tätig sei und sie
eine dringende Nachricht für ihn
hätte. Er dachte, dass etwas mit

seiner Mutter sein könnte, was
auch stimmte. Laut der Aussage
der Krankenschwester war am
Morgen des Tages eine Patientin
eingeliefert worden, welche
schwere innere Blutungen hatte.
Anfangs war nicht genau be-
kannt, wie dies zu Stande kommen konnte, doch auf den Rönt-
genbildern waren auch mehrere
Brüche an verschiedenen Kör-
perteilen entdeckt worden. Was

genau passierte erfuhren sie immer noch nicht, denn die Frau war weiterhin bewusstlos. Bei ihr fanden sie entsprechende Unterlagen und konnten so die Angehörigen ausfindig machen.

Für Johannes war es ein Schock. Seine Freundin tröstete ihn, als er zu Weinen anfing. Zusammen beschloss das Paar sofort die

Heimreise anzutreten. Schnell war alles eingepackt und sicher im Auto verstaut worden. Bevor sie jedoch losfahren konnten, mussten sie noch die Rechnung für das Hotel bezahlen. Die ganze Fahrt war Johannes mit seinen Gedanken bei seiner Mutter und machte sich deshalb auch große Vorwürfe. Denn vor der Abfahrt ging es ihr schon nicht so gut, aber trotzdem waren die beiden in den Urlaub gefahren.

Seine Freundin bekam es mit und erklärt ihm, dass es nicht seine Schuld sei und alles wieder gut werden würde. Nach ein paar Stunden Fahrt kamen sie am Krankenhaus an und Johannes sprang sofort aus dem Auto Richtung Notaufnahme. Auch seine Freundin folgt ihm, nachdem sie das Auto geparkt hatte. Beide wurden bereits von einer guten Freundin erwartet, die auch nicht genau wusste, was passiert war. Der Arzt kam dazu und berichtete, dass sie in Lebensgefahr schweben würde.

Sie fiel anscheinend aus mehreren Stockwerken in die Tiefe, erklärte er. Johannes hatte da einen Gedanken wo und wie es so weit kommen konnte. In ihrer Freizeit kletterte sie gerne Wände nach oben. Sie wurde tatsächlich in der Nähe eines Hohen Baumes gefunden, jedoch einige Meter weg, was zu bedeuten hatte, dass irgendjemand sie dorthin ge-schleppt haben musste. Der Verdacht eines Verbrechens stand im Raum, weshalb nun auch die Polizei eingeschalten wurde. Für einen natürlichen Fall auf den Boden lag sie zu weit weg, wie oben bereits beschrieben. Die Frau wurde bei der Einlieferung sofort operiert, da sie es sonst

nicht überleben würde. Johannes
machte sich mittlerweile immer
mehr Sorgen und hatte Angst
nun auch seine Mutter zu verlieren. Aber der sichere Rückhalt in
dieser Situation war seine Freundin, welche ihm immer wieder
sagte, dass sie, egal was passie-
ren würde, immer für ihn da sein
würde. Sie durften leider noch
nicht zu Johannes Mutter und
entschieden sich draußen im
Wartezimmer Platz zu nehmen.

Sie wollten außerdem bei neuen Nachrichten sofort informiert werden.

Eine Krankenschwester gab dem jungen Paar die einmalige Mög-lichkeit auch über Nacht da zu bleiben, was eigentlich nicht er-laubt war. Doch egal was die Ärzte auch taten, der Zustand wurde immer schlechter. Die

Zeit verging und die negativen Nachrichten hörten gar nicht mehr auf. Die Ärzte kamen zu dem Entschluss die Patientin ins künstliche Koma zu versetzen. Diese bittere Nachricht tat Johannes noch mehr weh als zuvor, da man eigentlich davon ausgehen konnte, dass sie es wahrscheinlich nicht überleben würde.

Er war gerade einmal 19 Jahre
alt und könnte so beide Elternteile verlieren. Für Johannes
wäre es also ein schwerer
Schicksalsschlag. Leonie bot
ihm an, bei ihr zuhause einzie-
hen zu können, wenn es so weit
kommen würde. Damit hatte er
nicht gerechnet, da sie noch
nicht lange ein Paar waren. Aber
seine Freundin wollte ihm in
diesem Moment auch noch etwas anderes mitteilen, da dies

ihn wahrscheinlich etwas auf-

muntern würde. Denn sie war

vor knapp drei Wochen beim

Frauenarzt, bei dem sie erfuhr,

dass sie schwanger war. Johan-

nes freute es sehr, dass er bald

Vater werden würde. Doch trotz-

dem war da noch die Angelegen-

heit mit seiner Mutter, was ihm

gerade etwas wichtiger war. Sie

wusste dies und nahm es ihm

auch nicht böse. Sie akzeptierte

es und wusste auch, dass er sich

wirklich über die gute Nachricht freute. Beiden war klar, dass sie sehr junge Eltern sein würden und dass es ihnen an Erfahrung fehlen würde. Und dann kam auch wie erwartet die sehr traurige Nachricht. Ein Arzt erklärte ihnen, dass seine Mutter vor ein paar Minuten verstorben war.

Weinend machten sich Johannes und die beiden Damen auf den Weg ins Krankenzimmer. Er umarmte sie und bat die anderen das Zimmer zu verlassen. Er wollte ein paar Minuten mit seiner Mutter allein sein. Dies akzeptierten sie und warteten vor der Zimmertür. Es dauerte etwas, bis er aufhörte zu weinen. Er stellte sich immer wieder die Frage, wie es jetzt weitergehen sollte. Diese Frage stellte sich währenddessen auch seine Freundin. Nach ein paar Stunden verließen sie zusammen das Krankenhaus und fuhren in die Wohnung von Leonie. Um die Bestattung würde er sich erst später kümmern, meinte er. Er brauchte erst einmal etwas Zeit für sich selbst. Eine große Zeremonie sollte es nicht werden und die Bestattung fand im Familienkreis statt. Auch auf einen Lei-

chenschmaus wollte er verzich-
ten. Für ihn war nämlich auch
das Geld das Problem. In seiner
Ausbildung verdiente er nicht
gerade viel und es reichte gerade
mal zum Überleben. Zudem
machte er sich auch Gedanken,
welche Verpflichtungen er als
Vater hätte. Doch schon als kleines Kind wünschte er sich eine
eigene Familie.

Leonie hingegen hatte da schon etwas mehr Erfahrung, da sie damals schon öfter auf Kinder aufgepasst hatte. Dies hat sie getan, um etwas Taschengeld zu verdienen. Auch Johannes jobbte damals in einem naheliegenden Supermarkt. Doch unerwartet bekam das junge Paar plötzlich einen Anruf von Leonies Eltern. Diese wollten helfen und teilten ihnen mit, dass sie einen Teil der Beerdigungskosten übernehmen würden. Anfangs lehnte Johannes das Angebot ab. Doch eines Abends als das junge Paar beim Abendbrot saß, besprachen sie zusammen, was sie nun tun sollten. Leonie war der Meinung, dass er das Angebot unbedingt annehmen sollte. Johannes hatte zuvor auch den gleichen Gedanken, weshalb er sich doch für das Angebot entschied. Am Tag der Beerdigung versammelten sich alle Angehörigen vor dem

Friedhof. Schon am Grab brach
er und Leonie in Tränen aus. Am
Abend war Johannes froh, dass
dieser Tag vorüber war und ging
auch relativ früh ins Bett. Seine
Freundin machte sich währenddessen große Sorgen, da sie
Angst hatte, dass er nun depres-
siv werden könnte. Um dies zu
verhindern, machte sie einen
Termin bei einem Therapeuten
aus, der ihm helfen sollte. Doch

es war schwer ihn dort hinzube-

kommen, da er alles ablehnte

und kaum etwas zuließ. Nur mit

viel Mühe schaffte sie es, dass er

wenigstens einmal dort vorbei-

schaute. Er berichtete unerwartet

nach der Sitzung, dass es ihm

gut tat.

Dies freute Leonie sehr und auch er war erleichtert den ersten großen Schritt in Richtung Normalität gemacht zu haben. Trotzdem besuchte er fast jeden Tag nach oder vor der Arbeit seine Eltern auf dem Friedhof. Jedes Mal, wenn dort die Kerze erloschen war, kaufte er eine neue im naheliegenden Supermarkt. Eines Tages überlegte er sich, was er den Eltern von Leonie als Dankeschön schenken könnte. Deshalb fragte er sie, ob sie eine Idee hätte. Ein einfaches Dankeschön würde ihnen reichen meinte sie. Deshalb lud das junge Paar beide Elternteile zum Abendessen ein. Johannes hatte selbst gekocht. Für ihn war auch schon immer die gesunde Ernährung wichtig. Leonies Eltern freuten sich sehr über diese Überraschung. Während des Essens erzählten die Eltern, dass sie bald für einige Wochen nach Mallorca reisen würden, um dort etwas Urlaub zu machen. Der Vater arbeitete als Anwalt in einer der berühmtesten Kanzleien von München, ihre Mutter ebenfalls in einem Restaurant. Doch nun wollten sie etwas Abstand zum Beruf halten, um mal abschalten zu können. Als kleines Kind fuhr die Familie damals schon öfter auf die beliebte Urlaubsinsel. Dort hatten sie ein eigenes kleines Häuschen, welches sie immer wieder besuchen mussten, um es in Stand zu halten.

Vor der Geburt Leonies wohnten sie drei Jahre schon auf dem Grundstück, welches sie günstig und verfallen erworben hatten. Es kostete zwar nicht viel, aber

das Problem war die Renovie-
rung, da diese mehrere Tausend
Euro gekostet hatte. Das Ge-
bäude lag außerhalb einer kleinen Stadt im Strandbereich.
Doch sie mussten dann leider
wieder zurückziehen, da sie Leonie in Deutschland bekommen
wollten. Während ihrer Abwe-
senheit stellten sie Personal ein,
welches das Haus instand hielt.
Für die meisten Deutschen war
es ein Traum auf der spanischen

Insel zu leben. Das junge Paar wünschte den Eltern am Schluss des Abends eine gute und gesunde Reise. Denn sie trafen sich vor der Abreise leider nicht mehr. Bald stand die Abschlussprüfung von Johannes Ausbildung an. Dort musste er ein eigenes Gericht erfinden, dieses zubereiten und servieren. Ebenfalls musste er auch eine schriftliche sowie eine mündliche Prüfung ablegen. Dafür wurde er

vom Betrieb freigestellt, um sich
für die Prüfungen vorzubereiten.
Das Wichtigste für ihn war
nicht, wie er es bestehen würde,
sondern ob. Er wollte seiner
Mutter zeigen, dass er doch etwas aus seinem Leben machen
konnte. Als seine Freundin damals von den Problemen erfuhr,
bezweifelte sie ebenfalls, dass er
eine abgeschlossene Ausbildung
schaffen würde. Dies war nicht
böse gemeint, denn damals hatte

Johannes noch nichts aus seinem Leben gemacht. Trotzdem stand seine Freundin immer hinter ihm und half wo es nur ging. Oft kochte er am Abend für das junge Paar, da er keine Ahnung hatte was er zur Prüfung einreichen sollte. Denn vor dem Prüfungstag musste das Menü bereits bei der Schule eingereicht werden. Danach konnte es nicht mehr geändert werden. Eines

Abends hatte er ein Gericht entdeckt, welches ihm gut gefiel
und laut der Meinung von Leonie auch gut schmeckte. Es war
eine Art Risotto mit Hirsch und
Trüffeln. Es hörte sich anfangs,
zugegeben etwas komisch an,
aber in der Praxis schmeckte es
sehr gut. Die Preiskalkulation
spielt ebenfalls eine wichtige
Rolle. Denn auch Gäste mit einem kleinen Geldbeutel sollten
es sich leisten können. Das

mündliche und schriftliche Exa-
men bestand er ohne Probleme.
Doch die größte Angst hatte er
vor der praktischen Prüfung. Zuvor übte er fast jeden Tag in der
Küche, doch trotzdem war dies
nie mit dem vergleichbar, was
gefordert wurde.

KAPITEL IV

Am Morgen des Prüfungstages, wünschte seine Freundin ihm beim Frühstück viel Glück, bevor sie die Wohnung in Richtung Arbeit verließ. Nach seiner Schicht würde sie ihn abholen. Zum

Glück war diese erst kurz vor 11 Uhr, denn um diese Uhrzeit begann im Restaurant der Mittagstisch. Johannes sollte nun die Prüferin bekochen und das Essen persönlich servieren. Damit keiner der Prüfung im Weg stand, wurde diese in einem Nebenraum abgelegt. Nervös betrat er die Küche und fing gleich mit der Zubereitung der Speise an. Davor war er noch beim Einkaufen, denn er musste sich selbst darum kümmern, dass er alles

zum Kochen hatte. Es dauerte

nicht lange, bis er es geschafft

hatte. Anders als erwartet erhielt

er das Ergebnis gleich vor Ort,

welches sehr gut war. Bis auf

drei Punkte hatte er alles richtig

gemacht, was hieß, dass er die

Note eins erhielt. Glücklich

sprang er in die Luft und rief so-

fort seine Freundin Leonie an.

Auch der Chef des Restaurants

gratulierte ihn für die bestandene

Prüfung und bot ihm deswegen sofort einen langfristigen Arbeitsvertrag an. Zwar hatte er noch nicht sein Zeugnis erhalten, doch sein Vorgesetzter wusste, dass auch dieses nicht schlecht sein würde. Natürlich verdiente er dadurch auch viel mehr Geld und konnte so seine zukünftige Familie sehr gut ernähren.

Den restlichen Tag gab ihm sein
Chef frei, um das Erreichte mit
seiner Freundin zu feiern. Bevor
sie dies aber taten, besuchten sie
Johannes verstorbene Eltern, um
ihnen zu sagen, dass er es geschafft hatte. Beide wären jetzt
sicherlich sehr stolz auf ihn,
meinte Leonie. Doch nun hielt
sie nichts mehr vom Feiern ab.
Zusammen machten sie sich auf
den Weg zu Johannes Lieblings-
bar. Trotzdem wollten sie nicht

viel trinken. Anders als erwartet
besuchten plötzlich die Eltern
von Leonie das junge Paar. Eigentlich wollten diese am kommenden Morgen verreisen, doch
sie wollten sich diesen glückli-
chen Moment nicht entgehen
lassen. Trotzdem blieben sie
nicht lange, da es sonst zu spät
wurde. Die kommenden Tage
bekam er noch frei, bis er sein
Zeugnis erhielt. Er konnte es immer noch nicht glauben, dass er

nun auch langfristig angestellt wurde. Sein Chef schien sehr überzeugt von ihm zu sein. Als Geschenk wollte Leonie ihm zwei Tage Wellness in einem Hotel in München für zwei Personen schenken. Dazu nahm auch sie sich frei. Die beiden machten sich am gebuchten Tag sofort auf dem Weg zum Hotel da sie keine Zeit verlieren wollten. Eine Übernachtung war ebenfalls dabei, weshalb sie sich eine kleine Reisetasche mit dem

Nötigsten mitnahmen. Es war

zwar ein einfaches Zimmer,

doch der Preis war überwälti-

gend. Zusammen machten sich

die beiden nach dem Check-in

auf dem Weg zum Wellnessbe-

reich. Dort gab es viele verschie-

dene Saunen und Pools. Eben-

falls im gebuchten Paket enthal-

ten war eine einstündige Ganz-

körpermassage für beide. Darauf

freuten sie sich schon den ganzen Tag. Danach konnten sie
sich auch in einem der vielen
Ruheräume entspannen.

Am Abend gab es auch noch ein
umfangreiches Buffet. Die Nacht
verging schnell. Am zweiten
Tag hatten sie bis zum Abend
Zeit die Angebote noch zu nut-
zen. Der einzige Hacken an der

ganzen Sache war, dass sie bis 14 Uhr das Zimmer verlassen mussten. Deshalb packten sie vor dem Frühstück ihre Tasche zusammen und luden diese ins Auto. Den Bademantel behielten sie noch. Etwas Kleidung bunkerten sie derweil in einem Spind, um sich nach dem Duschen frisch anzuziehen. Zuhause angekommen schwärmte Leonie bereits von den zwei Tagen. Sie fand diese sehr entspannend und schön, sodass sie dies nun öfter machen wollte. Johannes war der gleichen Meinung, weshalb er vorschlug öfter für einen Tag den SPA Bereich zu besuchen. Dies ist eine sehr gute Idee, meinte sie. Sicherlich gäbe es auch billigere Angebote, fügte sie hinzu. Doch im Moment spielte das Geld keine große Rolle, da Johannes besser verdiente als gedacht. Da in seinem

Hotel viele berühmte Personen speisten, konnte man davon ausgehen, dass auch einiges an Trinkgeld anfiel. Als er eines Tages zur Spätschicht antrat, traute er seinen Augen nicht. Sein Lieblingsfußballer vom FC Bayern saß an einem Tisch und wollte etwas bestellen. Johannes eilte so schnell es möglich war zu dessen Tisch. Der Fußballer merkte gleich, dass er ein Fan

war und gab ihm ohne Aufforde-
rung ein Autogramm auf Johannes Arbeitskleidung. Er nahm

die Bestellung auf und machte

sich auf den direkten Weg zur

Küche. Dort gab er den Wunsch

durch und wartete bis das Essen

fertig war. Langsam lief er mit

den Speisen zum Gast und stellte

diese sicher auf dem Tisch ab.

Man konnte die Freude in sei-

nem Gesicht erkennen. Doch als

er abräumen wollte, schob der

Spieler ihm eine Karte zu. Es handelte sich hierbei um ein Ticket für das nächste Spiel inklusive einer Stadionführung. Leise teilte er Johannes mit, dass er das Essen sehr gut fand. Es war kein normales Gericht, sondern das was er bei der Prüfung zubereitet und erfunden hatte. Damals fand der Koch dieses so gut, dass er es sogar auf die Speisekarte aufnahm. An manchen Tagen, wenn nicht viel los war, durfte Johannes dieses sogar selbst zubereiten. Jedoch kam es nur selten dazu, da das ganze Hotel meistens ausgebucht war. Glücklich kehrte er mit den leeren Tellern zur Küche zurück, um das Kompliment den Köchen weiterzugeben.

Ein Kollege teilte ihm mit, dass der Spieler öfter zum Essen vorbeikommen würde. Nach einem Sieg sei es sogar oft der Fall, dass die ganze Mannschaft zum Speisen hier herkommen würde. Johannes arbeitete zwar schon lange hier, aber leider hatte er dieses Glück noch nie gehabt. Damals in der Schulzeit, als sein Vater noch lebte, besuchte er viele Spiele der Bayern in der Allianz Arena. An einer Führung

hatte er jedoch noch nie teilge-
nommen. Das Schöne an dem
Ticket war, dass es im nächsten
Spiel gegen Dortmund ging. Wie
jeder Fußballfan weiß, ist das
noch heute ein Topspiel. Gerne
wäre er mit seinem Vater dorthin
gegangen.

Da seine Freundin Fußball nicht
mochte, fragte er einen guten
Freund, ob dieser ihn begleiten
würde. Er war nämlich ebenfalls
Bayernfan und schlug deshalb
das Angebot nicht ab. Am Spiel-
tag fuhren sie deshalb zusammen
mit dem Zug zum Stadion und
stellten sich an der VIP Schlange
an. Johannes hatte den Fußballer
zuvor nochmal im Restaurant
nach einer weiteren Karte gebe-
ten, welche er ohne Probleme

auch erhielt. Natürlich waren sie
dort nicht in Fankleidung anwesend, da dies in diesem Bereich
verboten war. Dort fanden nur
exklusive Personen Platz. Es war
ein spannendes Spiel, welches
positiv für Bayern endete. Wie
versprochen, warteten die beiden
auf der VIP Etage auf den Spieler, welcher ihnen persönlich alles zeigen wollte. Nach ein paar
Minuten Verspätung erschien er,

wie ausgemacht. Er entschul-
digte sich, dass er erst später ge-
kommen war. Der Grund dafür
war ein Interview nach dem
Spiel. Dann ging es auch schon
los. Für die beiden Fans war die
Kabine das Spannendste von allem. Sie durften sogar noch auf
dem Platz ein paar Tore schie-
ßen. Am Ende erhielten die beiden von ihm noch ein original
signiertes Trikot. Dieses Geschenk war noch schöner als der

Blick in die Kabine. Beide be-

dankten sich mit strahlenden Au-

gen bei ihm. Johannes erzählte

ihm noch, dass er damals die

große Möglichkeit hatte bei Bay-

ern zu spielen.

Doch leider verfehlte er knapp

die Zulassung. Er meinte, dass er

öfter im Restaurant sei. Er gab

Johannes noch einen Zettel mit

den Zeiten, an denen er dort ein Zimmer buchen würde. Zuhause angekommen erzählte er Leonie wie schön der Tag war und wie er ablief. Auch das Trikot zeigte er mit großem Stolz. Sie freute sich sehr für ihn. Auch Leonie hatte einen schönen Tag mit ih-ren Freundinnen beim Shoppen. Zusammen machten die sechs Mädchen München unsicher.

Das konnte man klar und deut-lich auch sehen, denn im Flur

standen viele große Taschen mit Kleidung und sonstigen teuren Artikeln. Nun sollten die Einkäufe im Schrank eingeräumt werden. Auch den Haushalt teilte sich das Paar auf. Jeder sollte gleich viel im Haushalt tun. Johannes übernahm das Kochen und das Saugen der Wohnung. Leonie kümmerte sich um die Wäsche und das Aufräumen. Zusammen läuft alles schneller. Das Problem war jedoch, dass der Platz im Schrank langsam immer weniger wurde. Das hieß, dass ein neuer und größerer Schrank gekauft werden musste. Ein großes Problem war jedoch auch der Platz. Die Wohnung ist nicht gerade groß und das Umstellen der Möbel würde sich als schwierig erweisen. Leonie erkannte, dass es vielleicht am besten wäre, wenn sie ihre alte Kleidung ausmisten würde. Johannes bot ihr auch seine Hilfe

an. Zusammen fingen sie an den
Schrank auszuräumen. Nun
musste sie alles anprobieren.
Auch die ganzen Schuhe sollten
aussortiert werden.

Leonie wollte die aussortierten
Sachen an arme Menschen ver-
schenken und nicht verkaufen.
Anfangs war es nicht viel, doch
mit der Zeit häufte sich der

Berg. Sie packten alles in mehrere Kartons und luden diese ins Auto. Zuvor hatten sie sich bei einer örtlichen Hilfsorganisation angemeldet. Ihr Ziel war es armen Menschen, die auf der Straße leben neue Kleidung zu ermöglichen. Die meisten Obdachlosen freuten sich sichtlich über die unerwarteten Geschenke. Das Waschen der Kleidung wurde ebenfalls von der

Organisation durchgeführt. Zuhause angekommen konnte man gut sehen, was entsorgt wurde. Nun gab es viel Platz für die neue Kleidung. Johannes wollte nicht wissen, was alles zusammen gekostet hatte. Sicherlich war es nicht gerade billig. Ebenfalls bezweifelte er, ob die ganzen Einkäufe auch nötig waren. Johannes fiel auf, dass er auch neue Kleidung benötigen könnte. Die Dienstkleidung musste der

Arbeitnehmer eigentlich selbst

zahlen, doch bei seinem Arbeit-

geber war dies nicht der Fall.

Aus diesem Grund musste er nur

einen Antrag bei seinem Chef

stellen, welcher sich dann um

die Anschaffungen kümmerte.

Bald stand der nächste Kontroll-

termin beim Frauenarzt an und

Johannes durfte das erste Mal

dabei sein. Laut Arzt war alles

normal und das Kind sei gesund.

Jedoch war noch nicht klar, ob

es ein Mädchen oder ein Junge
werden würde. Dies wollten die
beiden auch erst vor der Geburt
wissen. Beide wünschten sich
ein Mädchen und einen Jungen.

Aber egal was es letztendlich
werden würde, die Vorfreude
war groß. Trotzdem mussten sie
aktuell sparen für die Zukunft.
Ebenfalls ihr Traum war es ein

eigenes Haus zu besitzen, wofür

sie aber noch genug Zeit hatten.

Schade war nur, dass Johannes

Mutter nicht mehr da war, denn

sie wollte schon immer einmal

Oma werden. Eines Abends

klopften plötzlich die Eltern von

Leonie an der Tür der Wohnung.

Sie wollten dem jungen Paar

eine gute Nachricht mitteilen.

Sie kamen gerade vom Urlaub

zurück. Wie schon erzählt, wa-

ren sie auf Mallorca. Dort hatten

sie beschlossen, dass sie das Haus nicht mehr länger übernehmen konnten. Das junge Paar wollte sich deswegen das Häuschen persönlich anschauen, da sie bald umziehen wollten. Johannes hatte nach dem Tod seiner Eltern das ganze Erbe erhalten, was nicht gerade wenig war. Mit diesem Geld konnte die Familie sich etwas Größeres und Schöneres suchen.

Kurzerhand entschlossen die
beiden sich einen Flug nach
Mallorca zu buchen, um sich das
Häuschen anzuschauen. Das
Problem war, dass sie kein Spanisch konnten und sie dies erst
lernen müssten. Sie hatten Erfolg und schon am kommenden
Tag bekamen sie einen Flug
nach Mallorca. Die genaue Ad-
resse erhielten sie vor Ort. Während des Flugs recherchierte Johannes nach ein paar günstigen

Sprachkursen. Wichtig war ihnen, dass sie die grundlegenden Fragen und Antworten formulieren konnten. Ihnen war nicht klar, wie die Eltern von Leonie dies bewerkstelligen konnten, da sie fast kein Wort Spanisch sprachen. Wahrscheinlich kommunizierten sie mit den Menschen auf der Insel mit Englisch. Schon während des Landeanflugs staunte Leonie nicht schlecht, wie schön es dort war.

Auch ihr Freund war fasziniert.

KAPITEL V

Nun waren sie das erste Mal auf Mallorca. Sie wurden bereits am Flughafen erwartet. Der junge Mann, welcher das Haus pflegte, wenn Leonies Eltern nicht anwesend waren, holte die beiden mit seinem Auto ab. Zuerst zeigte er ihnen etwas von der Insel. Ebenfalls lud er die beiden zum Essen ein. Danach machten sie sich auf den Weg zum kleinen Häuschen. Man konnte es schon von der Hauptstraße aus sehen. Eine kleine Straße führt zu dem alleinstehenden Haus, welches von Palmen umgeben war. Schon jetzt gefiel den beiden das gemütlich kleine Haus, obwohl sie

es noch nicht von innen besich-
tigt hatten. Es reichte locker für
drei Personen und es gab sogar
eine kleine Garage, die vom
Efeu bewachsen war. Darin
konnte mindestens ein Auto
Platz finden. Der kleine Garten
reichte dem Paar ebenfalls. Doch
aktuell war nicht das Haus das
Problem, sondern die Zeit. Sie
hatten nämlich nur eine Woche
Urlaub und mussten danach wieder zurück nach Deutschland.

Doch nun waren sie erst einmal da und dachten nicht an die Arbeit. Der Mann führte die beiden quer durch das ganze Haus und den Garten. Was man dem Haus nicht ansah, war dass es auch einen Keller und einen Dachboden hatte. Zusammen erkundeten die beiden später mit dem Auto des netten Mannes die restliche Insel. Dieser lebte in der nächsten kleinen Stadt und wollte ihnen nun seine Wohnung zeigen. Sie befand sich in der Innenstadt

und somit nicht weit weg vom

Supermarkt. Es handelte sich da-

bei nicht um eine herkömmliche

Wohnung, denn er war Modell-

autosammler. Die meisten Auto

hatte er damals in Deutschland

auf Flohmärkten gekauft.

Noch nie hatten sie so viele

kleine Autos aus aller Welt gese-

hen. Der junge Mann lebte da-

mals in Deutschland und wusste

deshalb, wie man am besten han-

deln kann. Die Woche verging

wie im Flug und schon stand

wieder die Rückreise nach

Deutschland an. Nun hatten sie

einen kleinen Einblick bekom-

men. Zurück in Deutschland be-

gann für die beiden wieder der

normale Alltag. Bald musste Johannes auf eine geschäftliche Reise nach Hamburg, bei der er neue Gerichte und Servicetechniken lernen konnte. Mit dem Zug fuhr er von München nach Hamburg, wo er bereits erwartet wurde. Er war der einzige vom Restaurant der daran teilnehmen durfte. Er sollte die Techniken auch den anderen Kollegen beibringen. Für ihn war dies eine große Ehre. Insgesamt dauerte

der Aufenthalt in Hamburg
knapp eine Woche. Die Reise
und die Unterkunft übernahm
der Arbeitgeber. Johannes sah
die Schulung auch als einen kleinen Urlaub an. Aus ganz
Deutschland kamen die Teilneh-
mer. Viele Präsentationen waren
für die nächsten Tage geplant.
Auch Johannes hatte etwas vor-
bereitet. Der Vortrag gelang ihm
sehr gut.

Aber während des Aufenthalts

machte er sich große Sorgen um

seine Freundin Leonie. Vor der

Abreise ging es ihr nicht beson-

ders gut. Johannes wollte an-

fangs nicht anreisen, doch sie

meinte das alles gut sei. Aus die-

sem Grund blieben die beide im

ständigen Kontakt über das

Handy. Doch eines Tages, als er

von ihr nichts hörte, bekam er

noch größere Angst. Deshalb

rief er die Eltern von Leonie an,

um zu fragen, ob sie wussten

was mit seiner Freundin los war.

Doch sie hatten auch keine Ah-

nung. Er entschied sich noch et-

was zu warten. Vielleicht war sie

mit Freundinnen unterwegs,

dachte er sich. Doch dies war

nicht der Fall.

Die Zeit verging und es passierte

nichts. Er beschloss noch einmal

anzurufen. Plötzlich ging sie
doch ans Telefon. Sie erzählte,
dass sie sich nur etwas ausgeruht
hatte und alles in Ordnung sei.
Dies glaubte Johannes seiner
Freundin. Trotzdem hatte er ein
mulmiges Gefühl bei der Sache.
Während des Gespräches entschieden sich die beiden dazu,
jeden Abend zu telefonieren.
Nach dem positiven Telefonat
legte sich nun auch Johannes

hin, da es ein langer und anstren-
gender Tag war. Der kommende
Morgen war schon der vorletzte
Tag. Diesen Sommertag durften
sich die Beteiligten persönlich
einteilen. Er entschied sich eine
Stadtrundfahrt zu machen, da er
noch nie zuvor in Hamburg war.
Nur am Abend stand noch eine
kleine Präsentation an. Nach
dem Vortrag rief Leonie seinen
Freund an. Er erzählte ihr den
Tagesablauf und was er alles

entdeckt hatte. Doch plötzlich hörte Leonie auf zum Sprechen. Ein lautes Schreien war zu hören. Sie jaulte vor Schmerzen und Johannes wusste in diesem Moment nicht, was er tun sollte. Deswegen entschied er sich kurzerhand so schnell es geht nach Hause zu fahren. Er informierte seinen Chef und nahm den nächsten Zug zurück nach München. Dieser kam erst nach ein paar Stunden an. Sofort machte er sich auf den Weg zur Woh-

nung.

Dort teilte ihm seine Nachbarin

mit, dass seine Freundin mit

dem Rettungswagen abgeholt

wurde. Er nahm den nächsten

Bus zum Krankenhaus. Als er

dort ankam, wusste die Frau an

der Anmeldung gleich um wen

es sich handelte. Es hatte etwas

mit dem Baby zu tun, meinte der
Arzt, der bei Leonie war. Irgend-
was stimmte nicht. Nach mehreren Untersuchungen hatte er nun
das Ergebnis.

Doch wie geht es weiter? Wie geht es dem Baby?

Fortsetzung folgt…